AF454494

VENTE

Du Mardi 6 Juin 1911

HOTEL DROUOT, SALLE N° 7

A DEUX HEURES

Tableaux Modernes

AQUARELLES — PASTELS

DESSINS — GRAVURES

COMMISSAIRE-PRISEUR

Mᵉ HENRI BAUDOIN

Successeur de M. Paul CHEVALLIER

10, rue de la Grange-Batelière

EXPERT

M. G. CAMENTRON

43, rue Laffitte

CATALOGUE

DES

TABLEAUX MODERNES

Aquarelles, Dessins, Pastels, Gravures

Par ou d'après

APPIAN, BONNAT, CALAME, CHINTREUIL, DAUMIER,
DECAMPS, GÉRICAULT, C. GUYS, CH. JACQUE, LEBOURG,
RENOIR, ROUSSEAU, ETC.

Dont la Vente aux Enchères publiques aura lieu, à Paris

HOTEL DROUOT, SALLE Nº 7

LE MARDI 6 JUIN 1911

A DEUX HEURES

COMMISSAIRE-PRISEUR	EXPERT
Mᵉ HENRI BAUDOIN	**M. G. CAMENTRON**
Successeur de M. PAUL CHEVALLIER	43, rue Laffitte
10, rue Grange-Batelière	**PARIS**

EXPOSITION PUBLIQUE

Le Lundi 5 Juin 1911, de 2 heures à 6 heures

CONDITIONS DE LA VENTE

———

Elle sera faite au comptant.

Les adjudicataires paieront *dix pour cent* en sus des enchères.

———

Paris. — Imp. de l'Art, Ch. Berger, 41, rue de la Victoire.

DÉSIGNATION

GRAVURES

BONNAT (D'après)

1 — *Portrait d'un Général.*

ÉCOLE FRANÇAISE

2 — *Tête de Femme.*
   Cadre en bois sculpté

DESSINS

CHINTREUIL

3 — *Barques sur la grève.*

CHINTREUIL

4 — *Étude d'arbres.*

CHINTREUIL

5 — *Étude d'arbres.*

CHINTREUIL

6 — *Ferme en Normandie.*

DAUMIER (Honoré)

7 — *Homme nu marchant.*
Étude pour une lithographie.

DAUMIER (Honoré)

8 — *Foule regardant (?).*
Étude de personnages pour une lithographie.

DAUMIER (Honoré)

9 — *Le Wagon de troisième classe.*
Important dessin.

DESBROSSES (Jean)

10 — *Étude d'arbres.*

DESBROSSES (Jean)

11 — *Coin de bois.*

DESBROSSES (Jean)

12 — *Paysage.*

GUYS (Constantin)

13 — *La Voiture du Sultan.*

GUYS (Constantin)

14 — *Au Bal Musard.*

HELS

15 — *Le Général Mercier dans son cabinet de travail.*

JACQUE (Charles)
16 — *Intérieur de bergerie.*

JACQUE (Émile)
17 — *La Causette.*

JACQUE (Émile)
18 — *Chevaux de charrue.*

LEBOURG
19 — *Alger.*

PÉRIGNON (Nicolas)
20 — *La Porte d'Amsterdam à Haarlem.*
Gouache.

VITRINGA
21 — *Bateaux.*

ÉCOLE FRANÇAISE
22 — *Promeneurs au bord d'un étang.*

ÉCOLE FRANÇAISE
23 — *Marine.*

PASTELS

BILLOTTE (René)
24 — *Paris au crépuscule.*

LATOUCHE (G.)
25 — *Intérieur normand.*

AQUARELLES

CHINTREUIL

26 — *La Route.*

CHINTREUIL

27 — *Effet de soir.*

CHINTREUIL

28 — *Effet d'orage.*

DAUMIER (Honoré)

29 — *Les Deux Galants.*
(*Nº 174 de l'Exposition Daumier aux Beaux-Arts.*)

HERVIER

30 — *Maison au bord d'une route.*

LANOÜE

31 — *Paysage avec habitations.*

PICARD (Mathis)

32 — *Paysage.*

PICARD (Mathis)

33 — *Paysage. Soleil couchant.*

PICARD (Mathis)

34 — *Paysage.*

PICARD (Mathis)

35 — *Paysage.*

TEN CATE

36 — *Bords de rivière en Espagne.*

ZUBER

37 — *Le Luxembourg.*

TABLEAUX

APPIAN

38 — *Le Port de Toulon.*

(Salon de 1884.)

ARMAND

39 — *Femmes marocaines au bord de la mer.*

ARMAND

40 — *Marocains.*

BERTHIER

41 — *Bords de rivière à Saint-Généry.*

BETHUNE

42 — *Intérieur.*

BLIGNY (De)

43 — *La Surprise.*

BOGGS

44 — *Honfleur.*

BOUCHER

45 — *Paysage à Freneuse.*

BRIELMAN
46 — *Le Voiturier.*

BROUARD
47 — *Plage algérienne.*

BROUARD
48 — *Paysage algérien.*

CALAME (Attribué à)
49 — *Le Torrent.*

CÉRAMANO
50 — *La Sortie du troupeau.*

CHARDIN (Attribué à)
51 — *Portrait d'Homme.*

CHARLEY-POMPON
52 — *Troupeau au pâturage.*

CHARLEY-POMPON
53 — *Le Retour du troupeau.*

CHIGOT (Eugène)
54 — *Enfant mangeant.*

CHIGOT (Eugène)
55 — *Vaches s'abreuvant.*

CHINTREUIL
56 — *Effet de nuit.*

CHINTREUIL
57 — *Effet de neige.*

CHINTREUIL
58 — *Sureaux en fleurs.*

CHINTREUIL
59 — *Paysage.*

CLAUDIN
60 — *Le Retour de la pêche.*

COSSMAN
61 — *Le Boudoir.*

DABAUCOUT
62 — *Jeune Femme.*

DECAMPS (Attribué à)
63 — *Intérieur de harem.*

DEHAIYES (Charles)
64 — *Le Pêcheur.*

DELAUNAY
65 — *Jeune Femme nue.*

DENIS (Maurice)
66 — *Coucher de soleil.*

DESBROSSES (Jean)
67 — *L'Entrée du bois.*

DESBROSSES (Jean)
68 — *Paysage.*

DESBROSSES (Jean)
69 — *Le Fournil de la ferme du Moineau.*

DESHAYES (Eugène)
70 — *Le Vieux pont.*

DOUZEL

71 — *La Plage.*

ÉCOLE ANGLAISE

72 — *Jeune Fille.*

ÉCOLE FRANÇAISE (xvɪɪe siècle)

73 — *Chasseur au bois.*

ÉCOLE DE 1830

74 — *Vaches au bois.*

ÉCOLE FRANÇAISE

75 — *Fleurs dans un vase.*

ÉCOLE FRANÇAISE

76 — *Paysage.*

ÉCOLE FRANÇAISE

77 — *Portrait d'Homme.*

ÉCOLE FRANÇAISE

78 — *Chasseurs sous bois.*

ÉCOLE FRANÇAISE

79 — *La Charrette de foin.*

ÉCOLE FRANÇAISE

80 — *Tête d'Homme.*

ÉCOLE FRANÇAISE

81 — *Coquetterie.*

ÉCOLE FRANÇAISE

82 — *Paysage.*

ÉCOLE FRANÇAISE

83 — *Laveuses.*

ÉCOLE FRANÇAISE
84 — *Le Pied de nez.*

ÉCOLE FRANÇAISE
85 — *La Ferme.*

ÉCOLE FRANÇAISE
86 — *Bord de rivière.*

ÉCOLE FRANÇAISE
87 — *Pommes et vases.*

ÉCOLE FRANÇAISE
88 — *Le Repas des gardes.*

ÉCOLE FRANÇAISE
89 — *Tête de Jeune Fille.*

ÉCOLE FRANÇAISE
90 — *Fête champêtre.*

ÉCOLE FRANÇAISE
91 — *Guerrier.*

ÉCOLE FRANÇAISE
92 — *Porte-étendard.*

ÉCOLE FRANÇAISE
93 — *Paysage.*

ÉCOLE FRANÇAISE
94 — *Coucher de soleil.*

ÉCOLE FRANÇAISE
95 — *Tête de Christ.*

ÉCOLE FRANÇAISE
96 — *Tête d'Homme.*

ÉCOLE FRANÇAISE
97 — *Paysage.*

ÉCOLE FRANÇAISE
98 — *Tête de Femme.*
Gravure. Cadre en bois sculpté.

ÉCOLE FRANÇAISE
99 — *Vaches au pâturage.*

ÉCOLE FRANÇAISE
100 — *Le Jugement de Salomon.*

ÉCOLE FRANÇAISE
101 — *Le Moulin à vent.*

ÉCOLE FRANÇAISE
102 — *Tête de Vieillard.*

ÉCOLE FRANÇAISE
103 — *En prières.*

ÉCOLE FRANÇAISE
104 — *Tête de Femme.*

ÉCOLE FRANÇAISE
105 — *Vieille église.*

ÉCOLE FRANÇAISE
106 — *Paysage.*

ÉCOLE SUISSE
107 — *Vaches s'abreuvant.*

ÉCOLE VÉNITIENNE
108 — *L'Adoration.*

ÉCOLE VÉNITIENNE
109 — *Naissance du Christ.*

FRANÇAIS
110 — *Le Laboureur.*

FRÈRE (Théodore)
111 — *Le Repos dans le désert.*

GÉRICAULT (Attribué à)
112 — *Étude de cheval.*

GILL (André)
113 — *La Nourrice.*

GIRAN-MAX
114 — *Le Chasseur.*

GUÈS
115 — *La Jeune Bergère.*

GUÈS
116 — *Les Glaneuses.*

GUILLOUX (Charles)
117 — *La Seine à Rueil. Effet de lune.*

JACOMIN
118 — *Meules et village.*

JAPY
119 — *Troupeau de moutons.*

JAPY

JUILA

KAEMMERER

KLEVEREMBERG

KLEVEREMBERG

LACOSTE

LACOSTE

LACOSTE

LAZERGES

LEBOUY

LEHMAN

LÉPINE

LE SIDANER

132 — *Effet de nuit.*

LOOMIS

133 — *Effet de neige.*

MORVAL

134 — *Portrait d'Homme.*

NOEL (Jules)

135 — *Marine.*

PAHANTI

136 — *Paysage suisse.*

PAHANTI

137 — *Paysage suisse.*

PAPELEU

138 — *Le Troupeau.*

QUINTON

139 — *Chevaux de labour.*

RAY

140 — *Paysage.*

RAY

141 — *Paysage.*

RAY

142 — *Paysage.*

RCKMY

143 — *Bords d'étang.*

RIGAUD (Hyacinthe)

144 — *Portrait d'Homme.*
Peinture sur cuivre.

RENOIR

145 — *Soldats musiciens.*

RIBEAUCOURT

146 — *Rue de village.*

ROBICHON

147 — *Les Berges de l'Oise.*

ROUSSEAU (Attribué à Philippe)

148 — *Le Cellier.*

RUBENS (École de)

149 — *Descente de croix.*

SYDNEY

150 — *Coucher de soleil.*

TASSAERT

151 — *Femme couchée.*

TOULMOUCHE

152 — *Jeune Femme lisant.*

HEMMSKERK (Van)

153 — *Intérieur de cabaret.*

VERMEIR DE LA HAYE

154 — *Devant l'Auberge.*

VERNET (Attribué à Horace)

155 — *Chevaux au pré.*

VÉRONÈSE (Genre de Paul)

156 — *Tête de Christ.*